A la orilla del viento...

Para Renata y Miguel

JUAN VILLORO

ilustraciones de
Mauricio Gómez Morín

FONDO DE CULTURA
ECONÓMICA

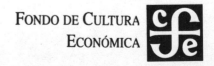

LAS

golosinas
SECRETAS

Primera edición (CIDCLI / LIMUSA), 1985
Segunda edición (FCE), 1995
    Undécima reimpresión, 2012

Villoro, Juan
    Las golosinas secretas / Juan Villoro ; ilus. de Mauricio Gó-
mez Morin. — México : FCE, 1995.
    40 p. : ilus. ; 19 × 15 cm — (Colec. A la Orilla del Viento)
    ISBN 978-968-16-4679-0

    1. Literatura infantil I. Gómez Morin, Mauricio, il. II. Ser.
III. t.

LC PZ7   Dewey 808.068 V196g

Distribución mundial

Comentarios y sugerencias: librosparaninos@fondodeculturaeconomica.com
www.fondodeculturaeconomica.com
Tel. (55)5449-1871 Fax (55)5449-1873

D. R. © 1995, FONDO DE CULTURA ECONÓMICA
Carretera Picacho-Ajusco, 227; 14738 México, D. F.
Empresa certificada ISO 9001: 2008

ISBN 978-968-16-4679-0

Impreso en México • *Printed in Mexico*

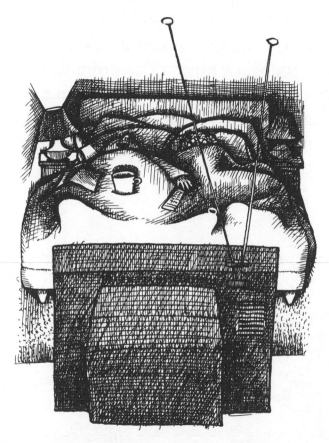

❖   TODAS las noches Rosita se maquillaba a escondidas. Sus papás se quedaban dormidos después de ver las aburridas noticias de la tele y ella corría al baño para pintarse como una actriz de cine.

Cuco y Fito eran excelentes devoradores de golosinas. Siempre tenían un caramelo en la boca. Como todos los niños de la colonia, estaban enamorados de Rosita. Cada vez que la veían, se atragantaban de la emoción y tenían que correr a la tienda de don Silvestre a tomar refrescos de emergencia.

Pero había alguien que odiaba a Rosita con toda su alma: la gorda Tencha. En opinión de Tencha, Rosita era una presumida que se creía la divina garza.

—No sé cómo les puede gustar Rosita. Yo, en cambio, soy un pimpollo de hermosura —decía la gorda Tencha.

La verdad es que
Cuco y Fito soportaban a
la gorda sólo porque era
buenísima en futbol.
Pegaba unos cañonazos
formidables. Gracias a su
potencia, el equipo de
Cuco y Fito era el mejor
de la colonia.

Casi todas las tardes
jugaban futbol en un lote
baldío. En una ocasión
Rosita fue a ver el partido.
Fito estaba de portero. Al
descubrir a Rosita se
quedó como estatua y no
se fijó en la pelota que iba
directamente a su cabeza.
Se desmayó con el
pelotazo.

—Fue por mi culpa
—dijo Rosita. Ignorando
la cara de fuchi que le

hacía la gorda, corrió hacia Fito y le acarició el pelo hasta que despertó.

Cuando Fito abrió los ojos vio todo borroso, como si estuviera en el fondo del mar, pero poco a poco fue distinguiendo la cara de Rosita. Esta vez no se atragantó, porque no tenía ningún dulce en la boca, pero sintió un extraño cosquilleo en la nariz, como si tomara un refresco con mucho gas.

—No soporto las escenas románticas —dijo la gorda Tencha, y se fue del lote baldío, llevándose su balón de cuero.

Esa noche, la gorda vio un programa de televisión que le dio una idea terrible: desaparecer a Rosita, borrarla del mapa como si fuera un dibujo en un cuaderno. Resulta que en el programa se presentaba un nuevo invento: el lápiz labial que

hacía invisible a la gente. Como muchos otros inventos raros, éste sólo se podía comprar en Estados Unidos. La gorda pasó varios días pensando y pensando en la manera de conseguir el lápiz labial. En eso estaba cuando su mamá le anunció que haría un viaje a Estados Unidos.

La mamá de la gorda era conocida en la colonia como la supergorda y su abuela como la recontragorda. Las tres juntas pesaban tanto que no había elevador capaz de levantarlas.

Según Tencha, su familia estaba enferma de algo extraño llamado "obesidad". Eso de la obesidad se volvió tan problemático que un día la supergorda y la recontragorda no  se pudieron poner los zapatos porque sus panzas impedían que las manos llegaran a los pies. Fueron a ver al famoso doctor Martínez. El pobre doctor no las pudo pesar en su báscula, que sólo aguantaba 120 kilos, y las mandó al aeropuerto, donde hay básculas especiales para carga pesada.

Después de analizar científicamente su gordura, el doctor Martínez les recomendó un tratamiento en Estados Unidos, país donde hay muchas especialidades para gordos:

zapatos tan grandes que las agujetas son largas
como espaguetis, cafeterías donde las leches
malteadas se sirven en cubetas, camas tan amplias
como canchas de tenis y, por supuesto, doctores
flacos expertos en gordos.

La gorda Tencha le pidió a su mamá aquel lápiz de labios terrible, fingiendo que se trataba de un cosmético común y corriente.

—Ay, hijita, merengue de mi corazón, no sólo eres hermosa sino también coqueta. Está bien, te lo traeré —le dijo su mamá mientras se daban un gordo abrazo de despedida.

La supergorda y la recontragorda adelgazaron un poco. De 175 y 180 kilos pasaron a 115 y 118, así es que en vez de melones parecían toronjas y ya se podían pesar en la báscula del doctor Martínez.

—Toma tu lápiz, pimpollo del alma —le dijo su mamá a la gorda Tencha.

Esa tarde, la gorda estuvo tan contenta que rompió su récord de goles. Una nueva sonrisa le cruzaba la cara. El peligroso invento

reposaba en su bolsillo, junto a su buñuelo mordisqueado.

Rosita se asomó al lote baldío y le guiñó un ojo a Fito. La gorda se acercó a saludarla y le dijo:

—Reconozco que eres la más hermosa de las dos. Toma, te regalo este lápiz labial.

Como todas las noches, Rosita se maquilló a escondidas. Se puso las pestañas postizas de su

mamá frente al espejo del baño y luego se fue a su
cuarto, encendió la luz, se tendió en la cama, sacó

un espejito de bolsillo, abrió el lápiz que le regaló
la gorda y se lo puso con cuidado. Después se

mordió los labios como había visto que hacían las actrices en el cine.

En ese momento desapareció. Su piyama y sus pantuflas quedaron sobre la cama y las pestañas postizas encima de la almohada.

Al día siguiente, en la colonia sólo se hablaba de la desaparición de Rosita. Fito no quiso jugar futbol. Decidió ir a la tienda de don Silvestre.

Don Silvestre era la persona más sabia del barrio. Había sido marinero y contaba historias de sirenas y naufragios. Además conocía todas las golosinas. Tenía un delfín tatuado en el antebrazo. A Fito le gustaba ver el delfín que parecía zambullirse entre las bolsas de celofán para escoger los dulces más sabrosos.

Fito le contó de la desaparición de Rosita.

—¿Así es que sólo las pestañas postizas, la piyama y las pantuflas quedaron sobre el colchón? —preguntó don Silvestre, retorciéndose el bigote—. Es muy probable que se haya vuelto invisible. Tal vez yo pueda ayudarte. Vamos al cuarto de las golosinas secretas.

Don Silvestre abrió una puerta de metal y pasaron a un cuarto repleto de maravillas: cientos de donas esponjaditas, peritas de anís, buñuelos crujientes, paletas de azúcar quemada, malvaviscos gordinflones, nueces garapiñadas, chicharrones con chile piquín, cacahuates confitados, todo, absolutamente todo lo ácido, dulce y picoso del universo.

Pero había algo más.

Don Silvestre abrió una caja de cartón que contenía bolsitas con hojuelas de muchos colores.

—Éstas son las golosinas secretas —dijo con voz de capitán de barco—. Las conseguí en mis viajes. Son los dulces mágicos del mundo entero.

Fito abrió los ojos como si estuviera frente a un platillo volador.

—Para hablar con alguien invisible es preciso ser invisible —explicó don Silvestre y puso unas hojuelas azules en la mano de Fito—. ¡Éstas son las hojuelas de lo invisible! El problema es que

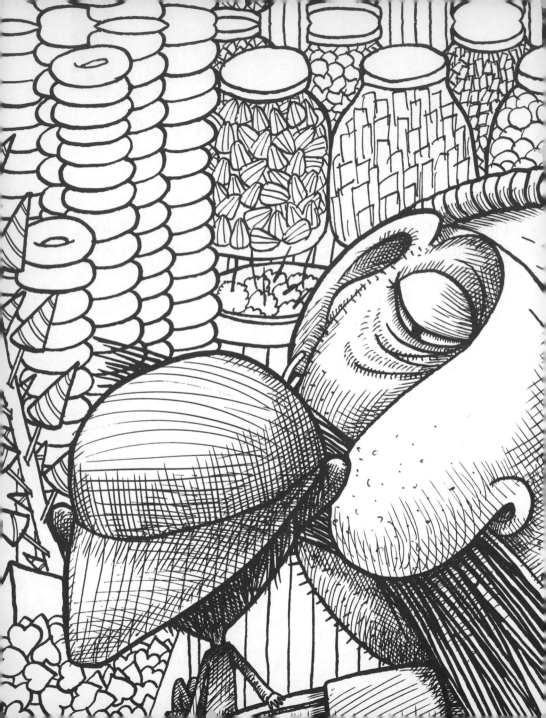

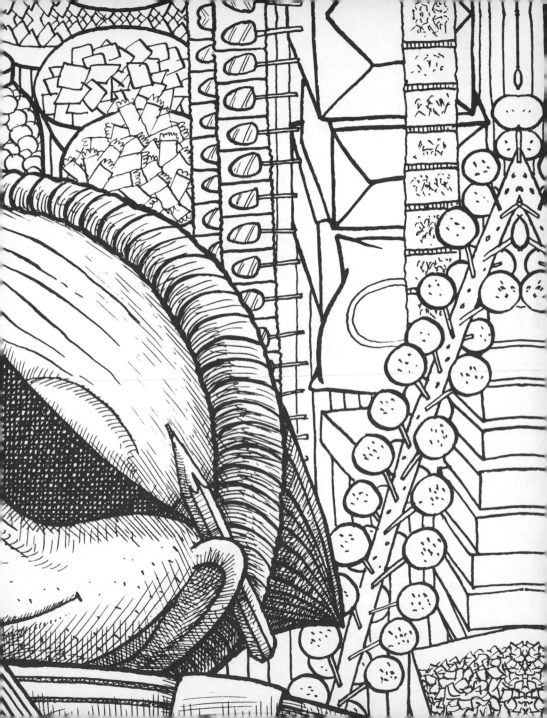

sólo podrás buscar a Rosita en tres lugares
diferentes. Después, las hojuelas perderán su
efecto. Para encontrarla debes seguir una pista.

Casi siempre la gente que se vuelve invisible se va
a su sitio favorito. Si descubres en qué pensaba
ella antes de desaparecer sabrás a dónde fue a dar.
—¿Y qué hago si la encuentro?

—Para que Rosita vuelva a ser de carne y hueso necesitas esto.

Don Silvestre sacó un lápiz labial que tenía en una caja plateada y siguió explicando:

—En mis viajes conocí todo tipo de países. En los más adelantados hasta las bromas son industriosas, es decir, modernísimas. Hay lápices de labios que desaparecen a quien se los pone. Éste es el contralápiz. Pero es importante que sepas usarlo. Si pones el lápiz en otra parte que no sea la boca de Rosita, digamos en su nariz, se convertirá en una niña espantosa y deforme. Para que tú vuelvas a ser visible bastará con que ella te dé un beso.

Fito no entendió muy bien eso de las bromas industriosas, pero se dio cuenta de que el asunto era más complicado de lo que él imaginaba. Por primera vez en sus doce años, las manos le sudaron de nervios.

—Piénsalo bien antes de atreverte. Recuerda que sólo tienes tres oportunidades para encontrarla y que no debes fallar al poner el lápiz sobre sus labios.

—¡Me aviento a todo! —gritó Fito.

—Toma las hojuelas.

Fito masticó esos dulces extraños que sabían a zanahoria con canela. Caminó hacia la calle, esperando volverse invisible de un momento a otro. En cuanto puso un pie en la banqueta vio algo increíble: la cara de don Silvestre se había vuelto verde como un pepino y sus cejas anaranjadas como gajos de mandarina. El cielo era color de rosa y las nubes cafés como malteadas de chocolate. Los perros callejeros eran azules y la calle verde claro, igualita a un campo de futbol. Los postes de luz eran azules y blancos como pirulís y Fito tuvo ganas de lamerlos. Ya estaba acercando la lengua a un poste cuando sintió un jalón. Era don Silvestre.

—¡Caramba! ¡Me equivoqué! Te di las hojuelas de los colores imposibles. La única manera de disolverlos es tomando catorce refrescos de manzana.

—¡Híjole! —exclamó Fito, que sabía que tantos refrescos eran malísimos para el estómago y los dientes, pero ya estaba dispuesto a todo.

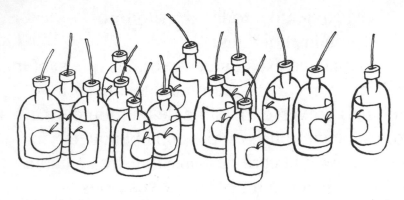

Cuando llegó al refresco número catorce sintió que su panza se inflaba como un balón de futbol americano. En ese momento dejó de ver las cejas anaranjadas de don Silvestre que tanto le gustaban.

—Espero no equivocarme esta vez, pues tengo hojuelas para caminar al revés, para atravesar paredes, para andar de manos y para que el tiempo pase tan rápido que cumples sesenta años en lo que te tomas un plato de sopa. ¡Éstas son, sí, seguro que son éstas! ¡He aquí las hojuelas de lo invisible!

Don Silvestre puso un puñado de hojuelas color grosella en la mano derecha de Fito; en la izquierda, puso el contralápiz.

Mientras masticaba las hojuelas, Fito sintió comezón en los pies y se quitó los zapatos para rascarse. Cuando desapareció estaba en calcetines.

La ropa *real* de Fito quedó en el piso, pero él podía tocar los botones de su camisa, que se había vuelto una camisa *imaginaria*.

—¡Don Silvestre, póngame los zapatos! —gritó Fito, pero su amigo ya no podía oírlo. Además, sus zapatos no se habían vuelto invisibles. En caso de que se los pusiera, la gente vería unos sospechosos zapatos que caminaban solos.

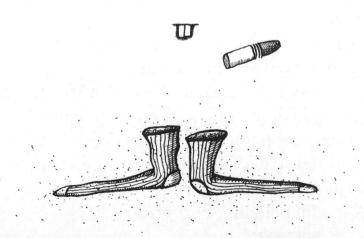

Así es que mejor salió de la tienda sintiendo el piso bajo sus calcetines invisibles. Lo único visible era el lápiz con el que debía hacer que Rosita volviera a ser real.

El lápiz labial parecía flotar en la calle. Por fortuna la gente se fija muy poco en las cosas pequeñas. Sólo un despistado vio aquel lápiz que andaba suelto, pero pensó que tal vez se trataba de la famosa mosca africana que según los periódicos estaba a punto de llegar a México.

Fito no quería malgastar sus tres oportunidades de encontrar a Rosita. Era importantísimo descubrir en qué pensaba antes de desaparecer.

—Ya sé: en el cine —dijo Fito, junto a un policía que no oyó nada de nada.

Entró al cine sin pagar. Se encontró a la gorda Tencha en la dulcería y le robó un puñado de palomitas. Las palomitas hacían *flop, cuinch,* mientras desaparecían en el aire, ante los ojos de vaca asustada de Tencha.

A media película, Fito gritó:

—¡Rositaaaaa!

No hubo respuesta. Aunque la película era buenísima (trataba de marcianos y naves espaciales), Fito decidió salir del cine. No podía perder tiempo.

El segundo lugar que se le ocurrió visitar fue el salón de belleza, pues a Rosita le encantaba maquillarse. El salón estaba lleno de señoras con peinados que parecían pasteles de boda. Las empleadas del salón conocían los lápices de labios muy bien. Ahí no había ningún despistado que pensara en la mosca africana. Al ver el lápiz que flotaba en el aire trataron de atraparlo. Fito corrió tirando frascos. Llamó a Rosita pero tampoco ahí hubo respuesta. Salió del salón antes de que le arrebataran el lápiz. Las empleadas vieron el tubito que desaparecía por la calle y temieron que también salieran volando las pinzas para cejas, los peines y las pelucas.

Fito estaba preocupado. Sólo le quedaba una oportunidad de encontrar a Rosita. ¿Dónde estaría? Se puso a pensar y a pensar, como cuando estaba en la escuela y no era capaz de dibujar un malvado triángulo isósceles.

En eso un perro le empezó a ladrar al lápiz labial que se columpiaba en el aire. Era un pastor alemán y Fito tuvo miedo de que lo mordiera. Corrió rumbo al único sitio donde podía estar solo: el lote baldío. Los pies le dolían de tanto correr en calcetines.

Estuvo largo rato viendo el pasto que crecía en desorden y recordó el día en que fue derribado por el balonazo. Pensó en los ojos brillantes de Rosita. Y entonces se le ocurrió que tal vez ella también se acordaba de ese momento. Sí, a lo mejor ella había pensado en el lote baldío antes de desaparecer.

—¡Rositaaaaa! —gritó con todas sus fuerzas.

No hubo respuesta. Fito caminó rumbo a la calle, muy triste por haber fracasado. De pronto oyó una voz detrás de él.

—Aquí estoy, zonzo.

Corrió de regreso. Rosita estaba cerca de la portería.

—Tengo mucho frío —dijo Rosita.

Fito destapó el lápiz labial y recordó lo que le dijo don Silvestre: si no acertaba en los labios, Rosita se volvería tan fea como un orangután. Pero Fito había visto tantas veces a Rosita, que le bastó oír su voz para calcular dónde estaba su cara. Se sentía capaz de acertarle hasta al lunar que ella tenía en la frente.

Con gran seguridad, la mano de Fito dibujó una pequeña boca en el aire.

Rosita reapareció con su piyama de borreguitos, pestañas postizas y perfectamente maquillada.

—Ahora me tienes que dar un beso para que yo aparezca.

Fito tuvo miedo de que Rosita no le quisiera dar un beso, pero ella se paró de puntas con sus pantuflas y le estampó un preciso y sonoro beso en la mejilla.

Fito reapareció con todo y sus calcetines empolvados.

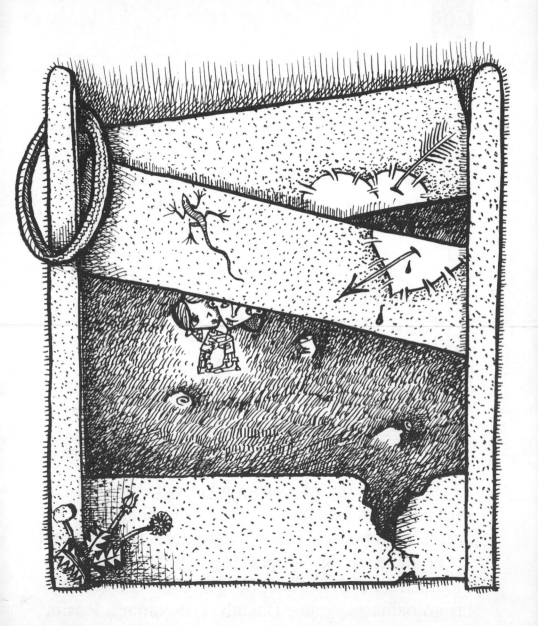

Al día siguiente don Silvestre volvió a guardar el lápiz mágico en el cuarto de las golosinas secretas. La gorda Tencha hizo tal coraje al ver a Rosita que se comió un enorme pay de limón y se indigestó. Cuco felicitó a su amigo, aunque no le creyó eso de que se había vuelto invisible masticando unas hojuelas color grosella.

Don Silvestre preparó jugos riquísimos para Fito y Rosita. Fito nunca había visto nada tan amarillo como esos jugos, ni siquiera cuando tomó las hojuelas de los colores imposibles. Entonces se dio cuenta de que había algo tan poderoso como las golosinas secretas. Bastaba con tomar a Rosita de la mano para que el mundo tuviera otros colores. ❖

Las golosinas secretas, de Juan Villoro,
núm. 62 de la colección A la Orilla del Viento
se terminó de imprimir y encuadernar en febrero de 2012
en Impresora y Encuadernadora Progreso, S. A. de C. V. (IEPSA),
Calzada San Lorenzo, 244; 09830 México, D. F.
La edición consta de 4 900 ejemplares.